Markus Anton

Den

Büßer kauft

Dir keiner

ab

Groteske

Bibliografische Information der Deutschen
Nationalbibliothek: Die Deutsche Nationalbibliothek
verzeichnet diese Publikation in der deutschen
Nationalbibliografie; detaillierte bibliografische
Daten sind im Internet über
http://dnb.de abrufbar.

©2022 Anton, Markus

Herstellung und Verlag: BoD-Books on Demand,
Norderstedt
ISBN: 9783755709701

ich habe neue filme da werden männer

von pferden in den arsch gefickt und

frauen also frauen werden auch in die

vagina gefickt wollen sie sehen

unbedingt

oder lieber foltervideos kriegsverbrechen

zum beispiel bei einem wird ein mann an

den beinen aufgehängt also kopfüber

dann schneidet ein junge dem mann die

unterarme ab mit einem messer

hört sich auch gut an

dann schneidet der junge dem

aufgehängten den kopf ab ebenfalls mit

einem messer

echt

ja dann wirft der junge den

abgetrennten kopf in der nähe

spielenden kindern zu die spielen dann

fußball damit

echt jetzt

ja dann übergießt der junge den mann

mit einer flüssigkeit und zündet ihn an

klingt wirklich sehr interessant

dann feuert der junge noch ein paar

salven auf den brennenden mann ab

krass

dann schießt der junge in die luft und

jubelt dann fällt die kamera um also

wahrscheinlich hat eine herunterfallende

patrone den kameramann getroffen

völlig verrückt die filme brauche ich aber

nächste woche wieder habe ich auch

anderen versprochen

natürlich

wie geht es ihren hoden

besser die schwellung ist etwas

zurückgegangen

sehr gut gonorrhoe ist tückisch habe ich

schon sehr oft gesehen aber nicht in

diesem ausmaß ihre hoden sahen aus als

hätten sie einen atommeiler gefickt

wahrscheinlich

wie haben ihnen die filme mit den

selbsttötungen gefallen

ziemlich gut die todessprünge von

gebäuden fand ich am besten

irre oder dieser schlag wenn menschen

auf dem asphalt zerschmettern

man kann sogar aus der ferne noch

sehen wie das blut spritzt bei einem

platzt sogar der kopf auf ich konnte

danach allerdings ein paar nächte nicht
schlafen

jetzt wissen sie wie es sanitätern ergeht

wie war das casting

die sagen einen natürlich alle das
gleiche hat uns sehr gut gefallen wir
melden uns bei ihnen aber letztendlich
ruft niemand an

wer spielt die hauptrolle

keine ahnung ist doch alles top secret

verstehe sie müssen die hauptrollen
spielen

das wär natürlich ne sache obwohl nur
mit nebenrollen erhält man die
möglichkeit der hauptrolle die show zu
stehlen

brauchen sie sonst noch ein medikament

da ich zur zeit ziemlich viel auf castings
muss also ziemlich viel fliegen muss und
ich ja fürchterliche flugangst habe
bräuchte ich noch ein fläschchen
diazepam
haben sie schon alles verbraucht
ich hatte wirklich viel zu tun
wie geht es ihnen damit
eigentlich sehr gut bin am tag darauf
immer ein wenig hangover aber ich
vertrage es sehr gut keine allergische
reaktion oder so
das ist sehr harter stoff nehmen
heroinsüchtige um den rausch zu
verstärken sie müssen aufpassen das
macht süchtig da werden sie dumm also
vergesslich oder sehr aggressiv was

halten sie denn von naturmedizin

nicht viel

sie haben doch bestimmt schon mal gras

geraucht

schon wird mir aber nur schwindlig von

es kommt immer darauf an was man

raucht es gibt viele verschiedene sorten

mit ganz unterschiedlicher

therapeutischer wirkung ich gebe ihnen

noch ein fläschchen diazepam aus

meiner schublade ist schon eine weile

abgelaufen macht aber nichts und hier

haben sie curiosity mental das ist gut

gegen flugangst und angst überhaupt

entspannt bettet einen auf zuckerwolken

so stehts hier drauf sehen sie vielleicht

geht damit auch die hodenschwellung

schneller weg

ich probiers auf jeden fall vielen dank

mischen sie die sachen nur nicht mit

alkohol das kann böse folgen haben das

verstärkt die wirkung ins unermessliche

ok danke für den hinweis

sehr gerne herr mann also ficken mit

pferden oder lieber kriegsverbrechen

erstmal kriegsverbrechen danke schön

geb ich ihnen auf jeden fall nächste

woche wieder

das wäre sehr nett ich möchte meine

patienten nicht verlieren

klar nochmals vielen dank

passen sie auf sich auf und wenn sie

einen atommeiler sehen einfach dran

vorbeigehen

thomas mann das bin ich guten tag

guten tag herr mann hoffentlich sind sie

sich der bürde ihres namens bewusst

haben sie sich verletzt sie hinken ein

bisschen nein die schuhe drücken ganz

furchtbar na dann erzählen sie mal wie

sind sie auf uns gekommen ich war schon

öfter mal zum essen hier die

servicekräfte sind alle sehr freundlich

und ich denke das liegt vor allem daran

wie der laden geführt wird also in

diesem fall mit positiver energie das

haben sie sehr schön gesagt tatsächlich

legen wir sehr viel wert auf

freundlichkeit und versuchen dies

unseren servicekräften auch zu

vermitteln das ist ihnen gelungen wo

haben sie bis jetzt schon überall
gearbeitet bisher noch nicht in der
gastronomie sie würden also bei null
anfangen sozusagen ich lerne allerdings
sehr schnell und habe große freude am
umgang mit menschen das reicht leider
nicht aus wir verkaufen in zwei stunden
dreihundertzwanzig essen wenn sie
keine teller tragen können
beziehungsweise kein tablett ist das
natürlich ein problem wissen sie wir
haben einen ruf zu verlieren das heißt
also wir müssten sie anlernen wie alt sind
sie denn sechsundvierzig sehen sie hier
kommen täglich junge menschen anfang
zwanzig rein die bereits mehrjährige
erfahrung in diesem beruf vorweisen

können warum also herr mann sollten wir
sie einstellen ich arbeite für mindestlohn
das machen die auch können sie mir
nicht einfach eine probeschicht geben
damit sie sehen wie ich mich anstelle wir
denken auf jeden fall darüber nach und
melden uns dann bei ihnen

hey paul wie gehts

gut mann ich lerne momentan alles über
methodisches schauspiel und du so

bin auf jobsuche irgendwas mit wenig
verantwortung wie läuft die
schauspielsache

super nur letzte woche hatte ich nen
kleinen nervenzusammenbruch mein
psychiater meinte weniger weinen kräfte
besser einteilen ich weine jetzt weniger

aber echter willst du mal sehen

klar is das normal dass der kopf dabei so

lila wird sieht echt gefährlich aus

fuck

was is

klappt nicht siehst du doch verdammte

scheiße klappt einfach nicht fuck fuck

fuck

is doch nich schlimm zeigs mir halt n

andermal

is schon schlimm mann verstehst du

einfach nicht wäre das jetzt ne

castingsituation für irgend nen kinofilm

würde ich den scheiß job nicht

bekommen meine zukunft hängt davon

ab mein ganzes verficktes leben hängt

davon ab fuck fuck fuck

ich geh jetzt nen kaffee trinken hast du

lust paul

ja das lenkt mich bestimmt ab fuck ok

ganz ehrlich manchmal denk ich mir die

ganze schauspielsache ist nichts für mich

irgendwie ne scheiß idee mit anfang

vierzig nochmal schauspieler zu werden

oder was soll ich nur machen was ist mit

dir mann bewirbst du dich noch

nein keine lust mehr irgendwelchen

leuten den arsch zu küssen um ne rolle

zu bekommen

ich kann mir aber nichts anderes

vorstellen

irgendjemand hat mir mal gesagt jeder

mensch hat mehr als nur ein talent glaub

das stimmt

meinst du sieh dir diese straßen an mann

tot nichts los mich nervt diese stadt mich

nerven diese leute hey mann hab mir

immer mal gedacht ob du dir vielleicht

einen künstlernamen zulegen solltest

thomas mann glaubt dir doch keiner die

denken du willst sie verarschen

wie gesagt mir geht die schauspielsache

mittlerweile voll am arsch vorbei

was hast du da

benzodiazepin

wo hast du das her

vom arzt hab ihm gesagt ich hab

flugangst muss auf castings

das is voll das geile zeug darf ich was

nehmen weißt du was wir gehn einen

saufen und nehmen was von dem zeug

so ne art feldforschung

weiß nich so recht der arzt sagt immer

ich solls nur nicht mit alkohol mischen

doofe ärzte was wissen die schon wir

könnten jetzt ein paar tropfen nehmen

dann abwarten was passiert durch die

gegend laufen und uns dann betrinken

na was meinst du

scheiß drauf warum eigentlich nicht

ja mann so kenn ich dich her damit

hey paul langsam langsam gib mir jetzt

mann du frisst gleich die flasche mit

was grinst du denn

was grinst du denn

was soll das denn jetzt

was soll das denn jetzt

lass den scheiß

lass den scheiß

scheiß schauspielschulenübungsdreck

is aber lustig findest du nicht

geht so was machen wir jetzt park oder

fluss

park guck mal hab mir ne slackline

gekauft als übung fürs gleichgewicht

meine lehrer sagen wenn man es schafft

gleichzeitig darauf zu balancieren und

zu weinen also richtig zu weinen ohne

dabei runterzufallen dann ist man ein

guter schauspieler gut was dann ist mann

ein guter schauspieler also du jetzt und

man allgemein thomas mann verstehste

ja is klar

bubububububububu homm homm homm

p t k p t k k k k p p tss tss tss

paul n bisschen leiser vielleicht die leute

denken wir ham sie nich alle

d ie l äute k önnnnän m ich ain mmm ahl

also in den park wie gehts dir paul

mein arschloch hat sich gerade voll

entspannt

meins auch

müssen wir jetzt aufpassen dass wir nicht

in die hosen scheißen oder was

keine ahnung wär aber auf jeden fall

vorsichtig beim furzen

alter mann scheiiiiiße wie geil dieses

gefühl so behütet

ja oder alles cool jetzt auf einmal

ja voll so die welt als ganzes

ja oder auch das universum

ja und die stadt is gar nicht so schlecht

ja und auch die straßen hat so was von

prag und paris so bisschen gothic oh

mann guck mal n kaugummi ob der noch

schmeckt

probier doch glaub der schmeckt

bestimmt noch sieht nach colageschmack

aus

hast du irgendwas zum wegkratzen

mann scheiß asphalt

nimm doch dein haustürschlüssel

ah ja genau

und

geht ganz gut

und wie schmeckt er

tatsächlich nach cola mann willste mal

probieren

klar gib her

und

ja cola und so lakritz ein bisschen

gib mir wieder

ja stimmt lakritz is auch dabei

sollen wir losgehen

ja mann w w w w w w k k k k k v f v f v f

öö öööö ööööööööööööööö hey mann

machst du eigentlich gar keine

sprechübungen mehr

nö warum

is auch so gut finde ich kann man im

täglichen sprachgebrauch auf jeden fall

verwenden leuleuleuleuleu

finde ich nicht in der gesellschaft is ja

nuscheln sehr angesagt wenn du da

jedes wort richtig und sauber aussprichst

fällst du eher unangenehm auf und alle

nennen dich ne schwuchtel

hey mann hey paul

hey ben lange nicht gesehn

ja hey ben lange nicht gesehn

ja wie gehts euch

voll gut gehts paul und mir ben

voll gut gehts mann und mir ben und dir

passt schon

was machst du ben

was machst du ben

nicht viel und ihr

paul und ich machen uns nen schönen

tag

mann und ich machen uns nen schönen

tag und du

ich muss in die klinik zurück muss hier

lang

paul und ich wir müssen auch da lang

ja mann und ich gehen in den park

müssen auch da lang wie gehts deiner

frau ben

ja ben wie gehts deiner frau

wir haben uns getrennt ging einfach

nicht mehr

tut mir leid

tut mir leid und eure kinder

die sind tot

was

was

meine frau beziehungsweise exfrau hat

während ner schizophrenen phase die

kinder mit nem küchenmesser erstochen

ich kam von der arbeit nach hause sie

saß blutverschmiert am küchentisch hat

ein kreuzworträtsel gelöst die kinder

lagen blutverschmiert auf dem boden

meine güte das ist ja furchtbar

meine güte das ist ja furchtbar

ich hab sie gefragt was ist denn passiert

und sie sagte nichts war voll mit blut

überall war blut alles war blutig ich hab

sie angeschrien was hast du getan

warum hast du das getan sie hat mich

angestarrt und gesagt bist du jetzt böse

mit mir den ärzten hat sie wohl gesagt

dass ihr oft langweilig war keine ahnung

scheiße das tut mir voll leid

ja voll leid

einmal hab ich sie besucht in ihrer zelle

sie saß nur da und starrte durchs

vergitterte fenster hat dann tatsächlich

gefragt wie gehts den kindern könnt ihr

euch das vorstellen

und jetzt

ja und jetzt

die in der klinik geben mir

stimmungsaufheller davon hab ich

dauerkopfschmerzen und durchfall

arbeiten funktioniert auch nicht mehr bin

arbeitsunfähig bekomm ne kleine rente

schlafe nachts in der klinik die ärzte

sagen es geht mir schon besser

deswegen darf ich tagsüber alleine raus

meine frau ist ein stockwerk höher in der

geschlossenen na ja so wohnen wir

zumindest weiterhin im selben haus ich

hasse sie nicht wisst ihr sie kann ja nichts

dafür ist irgendwie auch ein schönes

gefühl zu wissen dass sie immer noch in

meiner nähe ist und ihr so

paul is auf ner schauspielschule und ich

such nen job

na dann muss weiter machts gut

machs gut ben

pass auf dich auf ben da geht er dahin

arme sau kacke mann jetzt hatte ich das

gefühl voll eins zu sein mit dem

universum und überhaupt da haut der so

ne scheiße raus

seine frau hat die eigenen kinder

erstochen ich kann mir das einfach nicht

vorstellen kannst du dir das vorstellen

nee überhaupt nicht kann ich mir das

vorstellen jaujaujaujaunaunaunaugau

mach du auch mal ne lockerungsübung

das is echt gut auch wenn man nicht

dauerhaft spricht

na gut feujeujeujeujeuerrrr

maujaujaujauerrrr kaaaaaabelll

kaaaabelllljau

miniminiminiminiminimunnnnd

und was meinst du mann

stimmt meine kiefergelenke sind viel

entspannter jetzt

hey mann warum gehst du eigentlich so

komisch du hinkst doch leicht oder

hab nen tripper

oh scheiße von wem denn

von bella

mann war dir das nicht vorher klar

irgendwie schon wir haben uns zufällig

getroffen weißt du sind was trinken

gegangen dann zu ihr plötzlich steht sie

vor mir mit diesem traurigen blick und

ihrer schlecht rasierten möse da konnte

ich einfach nicht anders

das ist einzusehen und jetzt sind deine

eier geschwollen

sahen aus wie luftballons

bei mir auch

wieso bei dir auch

na so ziemlich jeder typ in dieser stadt

hatte schon nen tripper von bella

echt jetzt

mann wo lebst du denn die einzigen

tripper die hoden komplett verformen

gibts von bella das weiß doch jeder

toll und ich hab mich schon als was

besonderes gefühlt

klar weil sie jung ist

vielleicht ich mag sie trotzdem ist sehr

traurig die bella

bisschen hohl

na und das bin ich auch

ja mann sind wir alle hihihihi

hihihihihi

hihihihihi

hihihihihi

hihihihihi warst du mit bella eigentlich

zusammen mann also richtig zusammen

nein ist ein bisschen schwierig mit

jemandem der wild in der gegend

rumvögelt zusammen zu sein vor allem

wenn man davon weiß

stell dir vor du würdest davon nichts

wissen dann wärs dir ja auch egal

klar aber schau doch was sie angerichtet

hat

du wolltest wahrscheinlich ohne gummi

oder

schon

also worüber beschwerst du dich

gefallen würde sie mir sehr sie ist echt

liebenswert so mit ihren traurigen augen

und hat wirklich ne schöne figur

hast du ihr eigentlich gesagt dass du nen

tripper von ihr hast mann

nein ich machs auch nicht

trefft ihr euch denn wieder

weiß nicht

oh mann echt jetzt

ja

hey mann was machst du eigentlich die

ganze zeit über

spazieren gehen in cafés rumhocken

cafés in denen junge leute abhängen so

tun als wäre ich wahnsinnig beschäftigt

manchmal gebe ich mich einfach gerne

illusionen hin von wegen alles ist

möglich alles ist machbar nach ein zwei

stunden geh ich dann ziemlich geknickt

nach hause von wegen wieder

niemanden kennengelert verhalte mich

wahrscheinlich wie viele die in meinem

alter sind die zeit als ich noch dachte ich

sei etwas besonderes und jeder müsse

mir dies bestätigen beziehungsweise

müsse dies wertschätzen ist schon lange

vorbei und du

früh aufstehen dann lockerungsübungen

also entspannungsübungen dann joggen

dann schauspielschule is halt ne

privatschule wir haben nur zwei tage die

woche unterricht

wie finanzierst du dich eigentlich

ich bekomm taschengeld von meinen

eltern

echt jetzt

ja warum

dachte du magst deine eltern nicht

na ja sie haben viel geld ich bin der

einzige sohn besser als arbeit oder

klar paul alles ist besser als das

und was machst du jetzt mit bella mann

witzig gell was machst du jetzt mit bella

mann

superwitzig paul na was schon sie nicht

mehr treffen außerdem ist sie mitte

zwanzig da sag ich ihr dann hey ich

könnte mir eine gemeinsame zukunft mit

dir vorstellen sie sagt ok und morgen ist

sie weg weil sie einen erfolgreichen

jungen typen kennengelernt hat der ihr

den hof macht teure geschenke kauft

nen langen schwanz hat viel besser

ficken kann

das auch noch da hab ich doch keine

chance oder wo sind wir jetzt paul

keine ahnung oh verdammt ben und

seine scheiß traurige geschichte ey

voll traurig

siehst du wie mir die tränen in die augen

schießen

krass

und jetzt laufen sie die wangen runter

obwohl ich mich nicht anstrenge

sehr gut

is schon ziemlich advanced muss nur

noch lernen das mehrmals zu

wiederholen weißt du falls die

tonwichser oder die lichtwichser am set

nen fehler machen und der take

wiederholt werden muss

was ist das ist das ne bar

ja mann sieht ganz danach aus

sollen wir reingehen

klar mann

is aber erst früher nachmittag

macht doch nichts na was meinst du die

benzos sind doch gut verträglich oder

dann wollen wir mal sieht aber zu aus

ja mann die tür is verschlossen ich klopf

mal

und

nichts

scheiße

voll

schade

ja voll mann hey ihr arschlöcher

aufmachen wir wollen was zum saufen

wir wollen was

erleeeeeeeebännnnnnnnnn

komm wir kaufen uns unterwegs was zum

saufen

oh mann super idee wieviel geld hast du

noch

nen zwanni und du

nen zehner der sollte aber eigentlich

diese woche noch reichen und heute is

erst dienstag

ich zahl

oh mann du bist echt n guter was kaufen

wir uns jetzt hätte voll bock auf cocktails

cocktails klingt gut aber sollen wir uns

jetzt echt nen shaker kaufen

hast recht is blöd

außerdem reicht die kohle nicht dafür

hey mann ich hab mal in nem restaurant

gesehen dass die mit nem gurkenglas

geshaked haben

ein gurkenglas

sah ziemlich cool aus wir könnten uns

ein glas gurken kaufen und uns im park

was mixen

eiswürfel bräuchten wir dann auch noch

paul

stimmt

weißt du was wir mixen uns nen white

russian den kannste auch lauwarm

trinken

was ist das

wodka kaffeelikör und milch das heißt

eigentlich sahne kann man aber auch mit

milch machen

klingt cool mann bin dabei

das problem ist kaffeelikör gibts nicht in

jedem supermarkt

ach so und nun oder einfach wodka o

saft

schmeckt aber nur wirklich kalt paul

stimmt oh mann ganz schön schwer oder

voll

aber wenn wir im park sind können wir

die flaschen ja da ins wasser legen

stimmt

na dann auf zum supermarkt

hey paul sieh uns an zwei loser um die

vierzig stehen freitagvormittag am

straßenrand und überlegen was sie sich

zum saufen kaufen könnten während alle

anderen ein erfolgreiches und

glückliches leben führen familie urlaub

zwei autos

erfolgreiches leben am arsch mann is

doch alles gefaked beneidest du die

etwa

eigentlich nein oder weiß nich bisschen

mehr geld wär manchmal gar nicht

schlecht

mann ich meine sieh dir ben an der hatte

doch alles was sich ein spießbürgerherz

erträumen kann hübsche frau haus

urlaub autos kinder und was hat er jetzt

davon wohnt in ner psychiatrischen klinik

seine frau ein stockwerk höher in der

geschlossenen weil sie durchgedreht ist

in dieser kleinbürgerhölle ben war doch

immer klassenbester immer liebling aller

lehrer du wirst mal in der bank arbeiten

ben hausleitner nicht so wie dieser

thomas mann da und dieser andere

vollassi damit meinte er mich die werden

ein leben lang dem staat auf der tasche

liegen das hat der angermeier doch

immer gesagt die alte fettsau

damit hatte er gar nicht so unrecht paul

trotzdem scheiß spießer uiuiuiuiuiuiui

balalalalalalala was zum ficken wär jetzt

gar nicht schlecht hab voll nen ständer

schau mal

spinnst du pack weg den knüppel pack

weg oder ich hau drauf

der geht nich mehr rein is zu groß auuu

spinnst du wenn der kaputt geht mann

pack weg das schwanzstück

na gut

alter das sieht doch jetzt jeder dass du

nen steifen hast

voll blöd was soll ich nur machen der

muss abgewichst werden

du wirst jetzt hier nicht rumwichsen gehts

eigentlich noch setz dich hin

scheiße das geht nicht is zu groß sag ich

doch ich frag die alte betschwester da

entschuldigen sie bitte

was will er denn

ich habe soeben eine mächtige erektion

erhalten sagt man glaub ich oder

bekommen wenn überhaupt was will er

stimmt bekommen bekommommommen

vielen dank die is echt klasse mann

was will er denn etwa in mich reinficken

oh mann hast du das gehört nein nein

mein name ist paul und der da drüben

heißt übrigens thomas mann

hoffentlich ist er sich der bürde seines

namens bewusst nochmal was will er

ok da ich nun wie einer unschwer

erkennen kann ne mächtige erektion

habe frage ich mich ernsthaft ob sie mich

von dieser befreieieieieieien eien

eiennnn könnten

was hat er denn warum spricht er derart

komisch ist er etwa legastheniker

oder will er mich zum narren halten

nichts dergleichen wären sie so

freundlich

präsentiere er mir erstmal seine rute

wissen will ich ob sichs lohnt

nun gut meine liebe

macht hinne paul

er halte den rand und er präsentiere

bitte schön

ein bisschen krumm ist seine rute und

schwelch sein hodensack trinkt er denn

ausreichend

eigentlich nein zur zeit leidet er sehr

unter einsamkeit und allem

gewaltig im umfang ist er dennoch ich

überlege mich draufzusetzen mit meiner

geilen fotz

oh mann hast du das gehört

geht doch in die seitengasse da ist ja

kaum zu ertragen die scheiße

er schweige still sonst gibts dresche und

nichts dergleichen hier und jetzt wird

abgewichst aber nur gegen ordentlichen

arbeitslohn

wieviel haben wir noch mann

soll das ein witz sein

nein wieso hast du nicht gehört folgen

müssen wir sonst gibts dresche also was

meinst du mann

wieviel nehmen sie denn

mindestens eine stunde arbeitslohn ich

bin meister meines fachs es wird ihm an

nichts fehlen auch der schwelche

hodensack wird gestrafft und aufpoliert

mann hast du das gehört

ja doch also wieviel

zwanzig und da macht er noch ein

schnäppchen

paul dann reichts nicht mehr für fusel

als beweis dass ich nicht zu viel

verspreche gewähre ich euch einen

einblick in meine geile fotz seht her wie

straff die schamlippen und das

schamhaar wuchert bis zum knie wird

der graumelierte busch

auseinandergezogen seht ihr die warze

zwischen fotz und arschloch sie muss

euch nicht weiter irritieren nur einmal

draufdrücken und das bächlein fließt

mann ne squirterin auf knopfdruck is ja

irre

paul gehts noch komm wir hauen ab

hiergeblieben ihr zigarettenbürschchen

ihr windigen ihr denkt wohl meinen saft

gibts ganz umsonst

oh mann die hat mich voll angespritzt

komm jetzt paul wir hauen ab

umsonst gibts hier gar nichts saubande

heruntergekommene steck rein den

krummen bolzen ich dehydriere noch

und brech zusammen vor lauter

flüssigkeitsverlust

oh mann bock hätte ich schon

paul wir gehen

ignorantes säuferpack impotentes

überlassen mich einfach meiner geilheit

verrecken sollt ihr verfluchen tu ich euch

mein saft brennt dir die augen raus du

elende sau wirst schon sehen

komm jetzt paul die hat sie doch nicht

alle

mann überall klebt pisse sieh mich an

paul das stinkt wie gülle wir suchen ein

öffentliches klo wasch dir das zeug ab

meinst du die hat die seuche

keine ahnung was wenn runter damit

siehst du hier irgendwo ein klo

wir finden schon was

mann wo sind wir eigentlich

keine ahnung

ich weiß es im arsch verstehst du

ja paul

im arsch sind wir hihihihi mann sind wir

im arsch hihihihi

hihihihi

hihihihi

hihihihi

wo hin

da lang

lieber da

ok

was passiert eigentlich mit uns wenn wir

sterben mann

nix dann isses aus

alles was wir uns vornehmen unsere

ziele und so ist doch dann völlig sinnlos

schon

und

was

macht dich das nicht traurig

nein

mich schon mann schau mal wie die

tränen aus meinen augen rauslaufen

sehr beeindruckend

und jetzt mit ton und so wääääähhhhh

wähhhhähähähähäääää

hör doch mal auf jetzt

mann ich glaub die benzos lassen nach

sollen wir noch was nehmen

klar oh shit wir haben schon die hälfte

weggesoffen

oh mann

na was solls du bist dran

danke mann

was los

schmeckt doch ganz schön bitter oh habs

leergemacht leeehr leeeeeehrgemacht

na toll toll tollollollolloll

genau jetzt hast dus raus verlernt man

einfach nicht verlernt mann einfach nicht

witzig gell

superwitzig ich will aber auch noch was

ich habs mann ich spuck dir in den mund

rein da sind noch voll viel benzos auf

meiner zunge

ok los gehts aber ohne rotz nur spucke

und mann

danke ja schmeckt bitter

mann meine augen jucken wie verrückt

das ist die pisse der betschwester sag ich

dir muss man rauswaschen jetzt

aber wo denn nur

vielleicht wenn du dir in die hände

spuckst und es mit deiner spucke

rauswäschst

weiß nich bin doch jetzt kontaminiert

oh scheiße paul daran hab ich gar nicht

gedacht jetzt bin ich ja auch

kontaminiert

na dann spuck du mir in die augen dann

bist du die scheiße wieder los und ich

kann mir die augen waschen

wie du meinst

mann du musst jetzt nicht deinen ganzen

rotz hochziehen hab ich ja auch nicht

gemacht einfach nur ein bisschen spucke

reicht schon

gut so

passt

nicht mit den händen reiben nimm dein
shirt
was genau machen sie da was soll das
wieso was wir hier machen wer will das
wissen
ja wer
sie haben sich doch eben angespuckt
na und
warum haben sie das gemacht
weil wir es so wollen
aber warum denn nur
na das is die neue art drogen zu
konsumieren stimmts nicht mann
ja paul ja genau da hat er recht man ißt
ein mit psychotropen substanzen
versetztes lebensmittel kaut und kaut
dann spuckt man seinem gegenüber in

mund und augen und der hat dann voll

den rausch

ehrlich jetzt

ehrlich

und um was für eine psychotrope

substanz handelt es sich dabei

na sags ihm doch paul

also um peyotl natürlich

peyotl

ja klar gell mann

voll

und was ist das

meskalin

meskalin

meskalin interessant und wo haben sie

das her

wer will das wissen

ja wer

entschuldigen sie bitte oblinger mein

name versicherungskaufmann

bezirksdirektor ich halte mich sehr gerne

in dieser gegend auf weil es hier so

künstlerisch ist und ich in meinem

beruflichen umfeld ja ansonsten keine

künstler treffe ich aber sehr an kunst

interessiert bin sind sie aktionskünstler ist

das unsichtbares theater was sie da

machen

richtig sehr gut stimmts nicht mann

ja sehr gut wir spielen warten auf godot

in einer modernen variante also mit

drogen und sex und so

ehrlich ach das ist wirklich

hochinteressant und die dame von vorhin

ist auch eine schauspielerin

richtig sie war godot in der modernen

variante ist godot ne frau stimmts nicht

paul

genau genau

die dame war wirklich höchst

überzeugend ich hatte richtig angst das

ist ja wirklich fabelhaft godot taucht

tatsächlich auf

ganz genau

richtig

und er respektive sie spritzt ihren saft auf

die wartenden quasi als eine art dünger

genau so

ja

und dann

na das ist erst der anfang des stücks die

akeeure müssen die ganze zeit über das

stück dauert einen tag meskalin zu sich

nehmen also sich gegenseitig anspucken

stimmts nicht mann der heißt übrigens

thomas mann

sie veräppeln mich

nein wirklich hier mein ausweis

thomas mann tatsächlich hoffentlich sind

sie sich der bürde ihres namens bewusst

ach bitte meine herren darf ich

mitspielen

klar oder paul

klar

hier haben sie etwas meskalin sie können

nicht sehen ob sich in der flasche etwas

befindet da ist aber tatsächlich was drin

also seeehr vorsichtikikikikikikikik

das ist übrigens eine lockerungsübung

die müssen sie zwischendurch machen

um locker zu bleiben

balalalalala tatatatatatata huiiiii huiiii

wie finden sie das meine herren

super genau so und jetzt aufgepasst

oblinger fläschchen kurz aufmachen

schnell dran riechen fläschchen wieder

zu verstanden ihre rolle ist sie stehen

hier bis mitternacht und wenn jemand

vorbeikommt tanzen sie ihm vor wie

godot aussieht

das traue ich mir zu das schaffe ich

wir glauben ganz fest an sie stimmts nicht

mann

auf jeden fall und wenn das alles gut

funktioniert nehmen wir sie in unsere

schauspieltruppe die agitpropper auf

die agitpropper toller name

nun mein lieber viel glück wir spielen

woanders weiter denn die message muss

ja über die stadt verteilt werden stimmts

nicht paul

voll

verstehe verstehe vielen dank meine

herren dass ich mitspielen darf

sehr gerne hals und beinbruch stimmts

nicht mann

hals und beinbruch

hals und beinbruch meine herren sie

wissen ja gar nicht was sie mir damit für

eine freude machen und wir treffen uns

hier um mitternacht wieder

natürlich punkt zwölf stehen wir hier auf

der matte stimmts nicht paul

ja mann punkt zwölf

ach bitte eine frage noch als

schauspieler muss man wahrscheinlich

bereit sein sehr viel in kauf zu nehmen

oder

schon oder paul

sehr viel sehhhhhhhreeeeehreeeeehr

viel

huii huiiiiii huiiiiiiiiii lalalalalalala

lululululu tatatatatata also dann ich

möchte gerne auf die selbe art und weise

drogen nehmen wie sie drogen

genommen haben per spuckübertragung

sozusagen

echt jetzt

echt jetzt

ich möchte mich vor nichts drücken

na gut mach du mal paul

in ordnung weil ich habe sowieso noch

etwas meskalingeschmack im mund nun

denn oblinger augen und mund weit

aufreißen und ich schöpfe aus den

tiefsten tiefen meiner lunge sie können

dabei gerne eine lockerungsübung

machen

in ordnung aiaiaiaiai huaa huaaa

so fertig oblinger am besten mit den

fingern noch gut einreiben in die augen

gut so oblinger sehr gut

oh ich sehe etwas verschwommen das

klebt ganz schön und schmeckt etwas

bitter

das bedeutet dass der rausch sehr

intensiv sein wird stimmts nicht mann

voll bis später dann oblinger

oh mann meinst du der steht da wirklich

bis mitternacht rum und tanzt leute an

ist nicht auszuschließen

was nehmen wir jetzt mann so viel

auswahl

alles billiges zeug mit jeder menge

methanol drin das macht dich fertig

na und deswegen säuft man doch um sich

fertig zu machen um sich zu bestrafen für

seine eigene unvollkommenheit

schließlich ist ein jeder nur ein

gottesfürchtiges wesen

paul was fürn scheiß

klingt aber gut findest du nicht

geht so

mann was sollen wir nur nehmen

hey paul erinnerst du dich als wir

fünfzehn waren

warum

da haben wir auch schon immer im

supermarkt rumgehangen und überlegt

was wir saufen könnten

der einzige unterschied ist damals hatten

wir mehr geld als heute

stimmt

scheiße

scheiße genau

komm wir nehmen den willi vier

neunundneunzig für einen liter da kann

einer ja nicht meckern

wie gesagt is halt hauptsächlich

methanol

scheiß drauf oder stell dir vor wir können

uns vier liter davon kaufen mann was für

ein geiler tag wird das denn

also paul wenn ichs recht überlege hast

du recht

also paul wenn ichs recht überlege hast

du recht

hey

hey

hör auf

hör auf was is jetzt mann

ok warum eigentlich nicht sollen wir echt

vier liter willi durch die gegend

schleppen

ich habs wir klauen einfach einen

einkaufswagen da kann sich dann einer

reinsetzen und der andere schiebt ihn

durch die gegend oh mann ich glaub die

benzos wirken grad wieder hab voll so

ein gefühl von wärme und geborgenheit

ich auch

schon oder

voll

süßigkeiten mann wir brauchen

süßigkeiten

also nur drei liter und fruchtgummi

genau fruchtgummi und schokoriegel

oder

entschuldigung aber warum demonstriert

ihr nicht

wieso das denn junge

ja wieso stimmts nicht paul

ja wieso

na weil ihr eine stimme habt weil ihr

eine meinung habt und die muss

kundgetan werden

oh mann hörst du das wogegen oder

besser wofür sollen wir denn bitte

demonstrieren wir sind beide über

vierzig stehen freitagvormittag an nem

schnapsregal und überlegen wieviel

alkohol wir kaufen können damit noch

was für süßigkeiten übrig bleibt wie alt

bist du überhaupt

fünfzehn

fünfzehn echt jetzt und wogegen oder

wofür demonstrierst du

für eine lebenswerte zukunft

eine lebenswerte zukunft und was sollten

die menschen deiner meinung nach

dafür tun oder mann

das würde mich auch interessieren also

was genau

na die klimakrise stellt für die stabilität

der ökosysteme dieses planeten und für

millionen von menschen eine

existenzielle bedrohung dar das ist eine

gefahr für frieden und wohlstand

oh mann hast du das gehört frieden und

wohlstand passt schon mal nicht

zusammen oder hast du das gefühl dass

es auf der erde bisher friedlich zuging es

wird immer jemanden geben der etwas

besitzt das ein anderer nicht hat aber

unbedingt haben will beziehungsweise

es wird immer jemanden geben der

etwas besitzt von dem ein anderer

überzeugt ist es unbedingt haben zu

müssen

ich glaub der zweite satz macht so

keinen sinn oder mann

und wenn schon erst wird diskutiert dann

fliegen die fäuste dann fallen bomben

eine wirklich sehr negative einstellung

die sie da vertreten sie müssen sich

vorstellen dass es menschen wie mich

gibt sehr junge menschen die natürlich

auch das bedürfnis haben irgendwann

kinder in die welt zu setzen und wie soll

das gehen wenn der planet komplett

zerstört ist bei genauerer betrachtung

nehmt ihr diesen jungen menschen

nehmt ihr allen nachfolgenden

generationen das recht kinder in die welt

zu setzen nur weil ihr keine wollt und es

euch egal ist was mit der erde geschieht

von wegen ist doch eh schon alles hin

mein lieber das ist das altbekannte

generationenproblem die alten fordern

von den jungen achtung und respekt sind

aber nicht bereit den jungen achtung

und respekt zu zollen von wegen ich bin

älter und habe sowieso mehr erfahrung

was oftmals eine lüge ist also das mit der

erfahrung stimmts nicht paul

glaub schon

und im übrigen junge mir liegt das wohl

unseres planeten sehr am herzen so sehr

dass ich mich für eine vasektomie

entschieden habe weißt du was eine

vasektomie ist

nein was ist eine vasektomie

da wird der samenstrang nicht nur

durchtrennt sondern es wird ungefähr

ein zentimeter davon entnommen und

die enden des im hodensack

verbleibenden samenstrangs werden

dann verödet die wahrscheinlichkeit dass

der im hodensack verbleibende

samenstrang wieder zusammenwächst ist

gleich null wenn dir das wohl des

planeten wirklich am herzen liegt dann

sorge dafür dass du dich nicht mehr

fortpflanzen kannst

das finde ich jetzt schon ziemlich radikal

ich meine es sollte doch noch möglich

sein kinder in die welt zu setzen und den

planeten zu schützen

nein

nein

doch

nein

nein

doch wonach riecht er eigentlich

urin eine alte frau hat ihn angebieselt

stimmts nicht paul

stimmt schon

angebieselt echt jetzt

ja er hatte eine erektion wollte dass ihm

jemand einen runterholt da kam so ne

alte betschwester daher die war ziemlich

verrückt und ziemlich horny sie hob ihre

kutte fummelte ein bisschen an ihrer

vagina rum und bieselte dann wie wild

durch die gegend

sie verarschen mich

wenn ichs doch sage stimmts nicht paul

ja stimmt schon

und was ist mit seinen augen

hey junge ich steh direkt neben dir du

kannst mich gerne persönlich ansprechen

entschuldigung was ist mit ihren augen

die alte hat mir in die augen gebieselt

wieso was ist denn mit meinen augen

na die sind sehr gerötet ein bisschen

entzündet

sieht nicht so gut aus paul

scheiße mann was soll ich nur machen

runterwaschen jetzt frag doch ob du hier

aufs klo gehen kannst

hey sie entschuldigen sie kann ich hier

aufs klo gehen meine augen brennen

wirklich sehr mir hat jemand in die

augen gebieselt verstehen sie tut mir leid

aber unsere toilette ist nur für personal

das ist ein notfall meine augen brennen

mensch ich wurde angebieselt infektion

und so tut mir leid das geht nicht ach

echt faschisten seid ihr

paul nun lass doch

wenns aber doch stimmt darf man sowas

sagen wie heißt du eigentlich junge

greta und ich bin ein mädchen

greta echt jetzt

ja warum

nur so

ja nur so schöner name stimmts nicht paul

stimmt ungewöhnlich aber schön hast du

dir dein banner selbst gemacht

klar

was steht da drauf

respekt

respekt echt jetzt

natürlich warum

respekt mit fragezeichen ziemlich cool

findest du nicht paul

ja doch ziemlich cool mann

was machen sie jetzt

sag doch du stimmts nicht mann

genau sag doch du

ok was macht ihr jetzt

wir kaufen uns drei liter willi und ein

paar süßigkeiten dann klauen wir nen

einkaufswagen und schieben in richtung

park

drei liter willi

ja warum stimmts nicht mann

ja warum

na wenn jeder von euch anderthalb liter

birnenschnaps trinkt dann bekommt ihr

doch eine alkoholvergiftung oder

nein wir vertragen schon was gell mann

der heißt übrigens thomas mann

ehrlich

hier mein ausweis

tatsächlich hoffentlich bist du dir der

bürde deines namens bewusst

warum sagt das eigentlich jeder komm

doch einfach mit wir machen uns nen

schönen tag setzen uns in den park und

saufen ein liter willi für jeden klingt doch

super oder und wir gucken die wolken

an gucken die bäume an einfach

träumen verstehst du

das problem der umweltverschmutzung

kann leider nicht aufgeschoben werden

wie lange können wir noch träumen die

bäume und die wolken betrachten wenn

alles kaputtgemacht wird alle sind heute

demonstrieren deswegen habe ich euch

gefragt warum ihr nicht demonstriert

wie alle sind demonstrieren stimmts nicht

mann

stimmt genau wie alle

na alle denen unser planet am herzen

liegt

uns liegt der planet auch am herzen

stimmts nicht paul

ja mann uns auch und wir demonstrieren

trotzdem nicht weils einfach nichts bringt

nenne uns eine demonstration die

irgendwelche machthaber irgendwann

mal umgestimmt hätte

das bedeutet doch nicht dass man die

hoffnung aufgeben muss vielleicht und

wenn wir alle zusammen halten schaffen

wir es doch

hmm das stimmt jetzt auch wieder stimmts

nicht paul

stimmt schon irgendwie schade dass du

nicht mitkommst wir könnten sicherlich

sehr interessante gespräche führen guck

mal hab mir ne slackline gekauft da

können wir drauf rumbalancieren

wenn ihr in den park geht dann liegt das

auf dem weg wir könnten zusammen

hingehen vielleicht schaffe ich es euch

zu überreden

voll cool wir können unterwegs was

rauchen guck mal hier curiosity mental

ganz legal vom arzt

hey mann du hast nen haufen gras dabei

und sagst nichts

ich sags doch gerade

curiosity mental echt jetzt

wieso

na das ist richtig gutes gras bettet dich

auf zuckerwolken

genau so stehts hier drauf du hast richtig

ahnung greta stimmts nicht paul

schon hast richtig ahnung wo lang

da lang

lieber da oder paul

ja lieber da

nein da

ok

ok

meine mutter sagt immer männer über

vierzig da kannste ein ei drüberschlagen

stimmt doch oder mann

wahrscheinlich schon aber hey

was heisst aber hey herr mann darf ich

hermann sagen das is irgendwie lustig

klar fräulein greta fühl ich mich gleich

wesentlich jünger

also hermann was heißt aber hey

so viel wie drauf geschissen fuck wir

haben ja gar kein zigarettenpapier

wir können es auch kauen mann hab ich

mal gemacht hatte nur zu viel genommen

und die scheißerei bekommen die

scheißereieieieieieieieieieieieiei

was war das denn

eine lockerungsübung musst du mal

probieren greta das lockert die

kiefergelenke

nein das is weird

schon oder fräulein greta

schnauze mann

manamanamana feueueueuerrrr

fraaagagagagagaaaagen

sehr gut hast du gesehen mann fräulein

greta hats voll raus

woher weiß man dass es zu viel gras ist

woher weiß mann dass es zu viel gras ist

witzig gell

superwitzig keine ahnung mann

keine ahnung hermann

ok das sind zwei gramm na dann hier für

dich fräulein greta hier für dich paul und

der rest für mich

wieso verschreibt dir dein arzt eigentlich

solche sachen bist du krank hermann

nicht wirklich ich finds besser als durch

die gegend zu laufen und irgendwelche

typen anzuquatschen von meinem arzt

bekommst du so ziemlich alles drogen

billige arbeitskräfte snuff filme

sagtest du snuff filme hermann

ja warum

woher willst du wissen ob das echt ist

du kennst dich ja bestens aus

freunde haben mir davon erzählt aber

ich glaub das ist fake

die filme meines arztes sicher nicht da

siehst du liveaufnahmen von suiziden

also jemand der von nem gebäude

springt oder menschen denen ein

lastwagen über den kopf fährt das hier

sind zum beispiel kriegsverbrechen da

werden irgendwelche typen von kindern

zerstückelt und angezündet

echt jetzt mann

ziemlich hartes zeug

warum siehst du dir sowas an hermann

mal ehrlich hast du jetzt nicht auch

wahnsinnige lust das zu gucken schon

allein deswegen um herauszufinden ob

es echt ist oder nicht

ich schon mann

warum hinkst du eigentlich hermann hast

du dich verletzt

nen tripper hat er

gehts noch paul

sorry konnte grad nicht anders

einen tripper echt warst du bei einer

prostituierten

ich will nicht darüber sprechen wenns

recht ist also wo lang

da lang

lieber da lang oder mann oder greta

nein da lang

ok

ok

spürt ihr eigentlich schon was

ich nicht mann

ich auch nicht hermann

ich auch nicht war wohl doch zu wenig

vielleicht sollten wir mal nen schluck

trinken jetzt

gute idee hermann

ja mann gute idee oder greta

ja gute idee

und

und

und

bisschen warm is mir und euch

mir auch mann

mir auch hermann

wo lang fräulein greta

da lang

lieber da oder mann

nein da paul stimmts hermann

genau da lang das wars dann mehr

haben wir ja noch nicht herr regisseur

stimmt genau vielen dank bis hierher

sehr schön kommt ihr mal alle bitte

oblinger alte betschwester ben

hausleitner herr doktor ihr natürlich auch

ihnen herr doktor habe ich noch gar

keinen namen gegeben

stimmt aber ich bin der herr doktor klarer

gehts wohl kaum herr regisseur

freut mich dass sie das so sehen immer

wieder toll wie du auf knopfdruck bieseln

kannst alte betschwester

bedankt herr regisseur

das ist eine sache die ich schon lange

mal ansprechen wollte herr regisseur

warum eigentlich diese szene und soll

ich wirklich derart ordinär sprechen mir

erscheint das doch etwas zu hart

bitte unbedingt ordinär sein sie sind der

große dealer herr doktor eine

unsympathische person sie müssen diese

natürlich sympathisch spielen das ist

nicht einfach ich weiß aber wir arbeiten

dran wir haben also jetzt schon mal sehr

viel input bekommen unsere

protagonisten machen sich auf die reise

sehr schön ein paar sachen hab ich mir

notiert also thomas mann du hast die

rolle noch nicht ganz verstanden du bist

dir noch nicht klar wo wie was stimmts

ich hab tatsächlich schwierigkeiten mich

zurechtzufinden hatte allerdings auch

nur wenig zeit zur vorbereitung

das ist nur eine feststellung keine kritik

außerdem ist es schwierig jemand

älteren zu spielen pass auf folgendes du

bist der na wie soll ich sagen der

lonesome cowboy der am ende allein in

den sonnenuntergang reitet das hast du

begriffen oder

natürlich

aber lass dich davon nicht einkerkern

verstehst du spiel nicht ich bin alt wenn

du dir nur einen gesichtsausdruck zulegst

und den bis zum ende durchziehst

nimmst du dir sehr viele möglichkeiten

die rolle farbig zu gestalten du bist

momentan noch sehr farblos

zum einen muss ich sagen dass ich bei

dem vorstellungsgespräch mit mir selber

sprechen soll also beide rollen spielen

soll erschwert die sache ungemein dann

verstehe ich zum beispiel nicht warum er

sich diese filme ausleiht in meinen augen

macht ihn das sehr unsympathisch sich so

etwas anzusehen

das hatten wir schon mal wir zeigen

damit sehr viel von seinem inneren

zustand der ist eigentlich fertig mit den

menschen empfindet kaum etwas der

braucht schon die ganz harten sachen

damit er noch irgendeine emotionale

regung zeigt snuff filme zum beispiel du

sagst dann ja auch ich konnte allerdings

ein paar nächte nicht schlafen da

passiert was mit dir verstehst du

ok aber das kommt nur zweimal zur

sprache ganz am anfang und dann

nochmal im letzten drittel ich habe das

gefühl das ist effekthascherei von wegen

oh snuff filme irgendwie fällt die tatsache

dass er sich solche filme leiht zu sehr aus

dem rahmen wir müssten das noch

stärker mit einbeziehen und im übrigen

herr regisseur taucht bella irgendwann

mal auf oder wird nur von ihr

gesprochen auch das würde mir helfen

mich in meine rolle einzufinden

moment bitte eins nach dem anderen was

meint ihr denn dazu ja greta

ich finde thomas mann hat recht zu

behaupten hast du jetzt nicht auch große

lust dir das anzusehen reicht zum

beispiel in meinen augen nicht aus das

macht mich als figur dann auch eher

farblos ich meine sie hat ne klare haltung

und geht damit auf die straße dass sie

bei so nem thema dann eher

kommentarlos drauf eingeht finde ich

doch zu schwach und noch was wenn die

mir im supermarkt erzählen dass er eine

erektion hatte und sich einen

runterholen wollte würde ich in der

realität doch eher sofort weggehen ihr

müsst demonstrieren hin oder her

das fällt dir ja reichlich früh auf also nein

du willst die überreden dass die

demonstrieren dafür nimmst du einiges in

kauf das wird am schluss des stücks noch

deutlicher aber so weit sind wir noch

nicht ok was meinst du paul von wegen

snuff filme

ich finde auch man sollte diese

snuffgeschichte mehr mit einbeziehen

sonst isses zu sehr stückwerk und noch

was herr regisseur soll ich im supermarkt

wirklich mit mir selber reden wenn ich

frage ob ich aufs klo gehen darf

auf jeden fall paul das is ne richtig

komische nummer damit rechnet keiner

verstehst du

ich dachte vielleicht könnten wir ne

schauspielerin engagieren oder die alte

betschwester taucht nochmal auf

finde ich nicht gut paul weil die alte

betschwester taucht am ende nochmal

auf und die ist als figur sehr stark das

wäre eher kontraproduktiv

wenn ich auch einmal was dazu sagen

darf herr regisseur

natürlich alte betschwester nur zu

mir liegt schon länger was auf dem

herzen ich muss sagen das alles ist schon

sehr frauenfeindlich was ich da machen

muss wie ich auftrete und überhaupt

warum muss das so aggressiv und

menschenverachtend sein ich versteh gar

nicht worum es bei diesem stück da geht

ich hab eher das gefühl da wird versucht

ein paar schockszenen

aneinanderzureihen um die leut bei der

stange zu halten das alles ist doch ganz

schön oberflächlich da muss einer schon

noch ordentlich eine tiefe reinbringen

sonst schaltet man innerlich ab

schaltet man innerlich ab verstehste oder

schaltet mann innerlich ab lustig was

das gfällt dir wieder gell paul

voll lustig

gleich biesel ich dich wieder an

ui ja

wartet mal bitte paul alte betschwester

lasst uns darüber bitte ernsthaft

diskutieren irgendwie habe ich das

gefühl dass eine allgemeine

unzufriedenheit herrscht was die geistige

oder emotionale tiefe dieses stücks

betrifft verstehe ich das richtig na kommt

lasst uns drüber sprechen bringt ja jetzt

niemandem was wenn ihr schweigt also

der reihe nach du zuerst thomas mann

ich finde es fehlt dem stück an tiefe

deswegen habe ich auch schwierigkeiten

mich mit meiner rolle zu identifizieren

ok und du paul

eine gewisse tiefe fehlt schon bis jetzt

aber das stück geht ja noch weiter oder

warum bekommen wir eigentlich nicht
das komplette stück zu lesen sondern
immer nur ein paar seiten

moment das klären wir gleich zuerst die
sache mit der tiefe herr doktor was sagen
sie dazu

nun was wir bis jetzt haben ist sicherlich
eine chance

ben hausleitner du hast noch gar nichts
gesagt hältst dich ein bisschen bedeckt
was meinst du dazu sehr schön übrigens
wie du deine rolle spielst glaub ich dir
voll und ganz

danke schön ich weiß ja nicht ob ich
nochmal auftauche ich finde auch warum
bekommen wir das stück nicht vollständig

ausgehändigt

darüber sprechen wir gleich zuerst noch

oblinger was hältst du davon

ich habe auch das gefühl hier werden

oberflächligkeiten zur schau gestellt zu

meiner rolle hätte ich noch eine frage

wenn der

oblinger bitte dazu kommen wir gerne

später greta wie ist deine meinung

das stück ist bis jetzt ziemlich

oberflächlich gehalten und die tatsache

dass niemand außer ihnen herr regisseur

weiß wie es weitergeht erzeugt eine

ungute stimmung

ja

ja

ja

ja

ja

ja

ja

habens denn überhaupt ein fertiges stück

herr regisseur

nun alte betschwester und alle anderen

ich habe einen entwurf in welche

richtung es gehen soll

nur einen entwurf sie schreiben jede

nacht ein paar worte es gibt noch kein

fertiges stück

richtig thomas mann

ui in zwei tagen ist premiere

paul das ist natürlich teil meines plans

euch komplett nun wie soll ich sagen

hilflos auf die bühne zu lassen ihr

befindet euch in einer ausnahmesituation
als schauspieler und als privatmenschen
und ich denke das ist die chance etwas
großes etwas neuartiges zu erschaffen
ihr müsst euch quasi durchs leben
kämpfen und erhaltet nur dürftigste
informationen zum beispiel wenn ihr
euch in der realität um einen job bemüht
da wisst ihr ja auch nicht ob das klappt
die sagen zwar sie finden wir gut aber
weißt du auch wirklich ob es so ist
versteht ihr das ist die realität ihr erhaltet
nur dürftigste informationen und müsst
das beste draus machen und im übrigen
es gibt eine bella ich möchte nur nicht
verraten um wen es sich dabei handelt
beziehungsweise wann bella auftaucht

warum nicht

wie ich eben sagte thomas mann nur

dürftigste informationen

ist es eine bekannte schauspielerin

ja paul

ein star

ja greta

wer denn blos

bitte alte betschwester und alle anderen

ich werds euch nicht verraten ja oblinger

sprich nur

also ich weiß nicht immerhin ist die erste

vorstellung schon ausverkauft das ist mir

dann doch ein bisschen zu riskant wir

sind keine profis verstehst du herr

regisseur jemand der über eine

schauspielausbildung verfügt geht mit so

einer situation sicherlich anders um als
ich bei mir macht sich momentan einfach
nur panik breit da taucht plötzlich ein
star auf der weiß wie man das publikum
bedient wie man die menge an sich reißt
was soll ich da ausrichten ich fühle mich
wie ein prügelknabe du weißt doch dass
ich nicht improvisieren kann herr
regisseur die kann uns also richtig fertig
machen diese bella wer immer das auch
ist wie gesagt ich bin kein
profischauspieler und alle anderen auch
nicht wie sehen sie das denn herr doktor
um es klar auszudrücken ich bin schon
sehr enttäuscht darüber uns jetzt zwei
tage vor der premiere mitzuteilen mehr
gibts nicht ihr seid auf euch allein

gestellt sie sind doch in erster linie
regisseur das heißt doch es ist ihre
aufgabe uns auf den weg zu bringen uns
zu führen bis zum ende immerhin haben
wir ihnen vertraut wir haben alle sehr
viel zeit investiert ich bin eigentlich
allgemeinarzt können sie sich vorstellen
wir schwierig es für mich war einen
zeitplan zu entwerfen um an diesem
projekt teilnehmen zu können herr
regisseur
natürlich herr doktor das weiß ich auch
zu schätzen was meinst du dazu alte
betschwester
ich sag jetzt mal wir haben wirklich
lange durchgehalten haben uns immer
wieder hinhalten lassen uns mit

dürftigsten informationen abwiegeln
lassen in der hoffnung sie herr regisseur
wüssten was sie tun wir haben alle
gedacht das stück wird heute fertig ich
kann das auch nicht einfach so
rausgehen ohne einen leitfaden was
wann warum passiert da haben sie sich
die falschen leut geholt ich werde mich
auf sowas nicht einlassen ich verlange
dass sie die premiere verschieben und
uns ein fertiges stück vorlegen oder
zumindest den leitfaden von dem sie
gesprochen haben weil so kann einer ja
nicht arbeiten das müssens schon
verstehn herr regisseur
langsam mal alte betschwester langsam
leute beruhigt euch ich weiß sehr wohl

was ich tu schmeißt jetzt nicht einfach

hin

von wegen beruhigt euch wir müssen auf

die bühne wir werden ins kalte wasser

geworfen das war also alles geplant wir

wurden beschissen

paul jetzt warte mal

recht hat der paul beschissen hat man

uns ganz einfach

alte betschwester jetzt mal langsam leute

niemand wurde beschissen ich habe

euch von anfang an in meine

arbeitsweise eingeweiht ich habe euch

nie versprochen dass wir am

premierenabend ein fertiges stück haben

würden

sie haben es aber auch nicht explizit

verneint

schon klar ben hausleitner aber beschiss
ist etwas ganz anderes wenn ich euch
gesagt hätte es gibt ein fertiges stück
dann wäre es beschiss

ich hab gute lust zu gehen ganz ehrlich
thomas mann nein auf keinen fall keiner
geht ich war immer fair zu euch ihr alle
hattet spaß an der arbeit niemand hat
euch zu etwas gezwungen

bis jetzt

alte betschwester halt doch einfach mal
dein maul ok es reicht mir immer dieses
ewige rumgenöle mit deiner grantigen
bayrischen art hör auf hört auf meine
idee zu torpedieren lasst euch darauf ein
ihr werdet sehen es lohnt sich das wird

eine einmalige erfahrung für uns alle

grantige bayrische art was soll denn das

heißen sowas muss ich mir wirklich nicht

gfallen lassen herr regisseur

doch genau das mal ehrlich alte

betschwester wieviele menschen denkst

du kommen noch um die ecke und bieten

dir die möglichkeit auf einer großen

staatlichen bühne spielen zu dürfen was

machst du denn privat stehst den ganzen

tag in ner bäckerei und verkaufst

semmeln warum bist du hier weil ich dich

geholt habe weil du dein ganzes leben

lang davon geträumt hast schauspielerin

zu werden aber zu feige warst deinen

traum zu verwirklichen warum bist du

hier weil ich dir diese chance gebe

nutze sie du bist gut du bist ein

naturtalent du brauchst keine

schauspielschule verstehst du das hat dir

bis jetzt nur niemand gesagt vertrau mir

du schaffst das

entschuldigung mal sie sind zwar der

herr regisseur aber das gibt ihnen

dennoch nicht das recht so mit menschen

umzugehen

doch genau das herr doktor weil es

reicht mir jetzt wir sind kurz vor dem ziel

da fangt ihr ne meuterei an oder was ihr

spinnt wohl hört auf ihr macht alles

kaputt lernt kreativ zu denken dann ist

alles weitere ein kinderspiel

ich lege jetzt mal ein veto ein so gehts

wirklich nicht herr regisseur sie

benehmen sich wie ein diktator

wer hilft denn dabei dass es so ist wer

unterstützt mich denn dabei menschen

wie du greta indem du dich mir vor die

füße wirfst indem du mir unverschämt

und ohne mit der wimper zu zucken den

schwanz gelutscht hast um diese rolle zu

bekommen sei du nur ganz still bist

wirklich stellvertretend für deine

generation ein musterbeispiel für

verlogenheit und doppelmoral von

wegen wir schaffen das was

generationen vor uns nicht auf die reihe

gekriegt haben ja klar aber nur wenn wir

auch weiterhin mit unseren überteuerten

e bikes zu unseren panzerartigen

verbrennern radeln dürfen die

außerhalb der städte in riesigen
parkanlagen vor sich hin rosten damit wir
mit diesen dann in den urlaub fahren
können weils woanders ja so schön ist
aber was solls e bikes sind ja schließlich
umweltfreundlich und in vierzig jahren
wenn du genauso unansehnlich sein
wirst wie der rest deiner generation
läufst du frustriert durch die straßen und
sagst immerhin haben wirs geschafft das
strohhalme aus plastik verbannt wurden
so konnten dann mehr trinkbecher
hergestellt werden damit auch
nachfolgende generationen ihre
getränke durch die gegend tragen
dürfen bist nur ein vorlautes
klimafötzchen greta nichts weiter ja

genau geh nur schleich dich nur mir

doch egal

stop bis hierher es reicht

was willst du denn thomas mann

klammerst dich an die hoffnung dass du

noch entdeckt wirst vergiss es sowas von

das wird einfach nicht passieren guck dir

mal die vorabendscheiße im fernsehen

an da gehörst du hin irgendeine figur an

die sich beim abspann schon niemand

mehr erinnert kannste spielen alle zwei

drei jahre mal tu nur nicht so als wärst du

hier der große theaterschauspieler dafür

hast du weder die ausstrahlung noch das

talent edelstatist biste das biste ich habe

momentan noch schwierigkeiten mich

zurechtzufinden am arsch den ball ganz

flach halten thomas mann ja super hau

du auch ab mir scheißegal geht nur ihr

seid fertig ihr spielt in dieser stadt

sowieso nie wieder

ich versteh nicht warum du so

aufgebracht und gemein sein musst herr

regisseur dürfen wir nicht mehr unsere

meinung sagen

schau oblinger ich hab dich engagiert

weil du mir leid tust der ewige

prügelknabe irgendwelcher flacher

komödien die vor dreißig jahren mal hip

waren wer engagiert dich denn noch

herr regisseur bitte

wer engagiert dich oder besser wer hat

dich die letzten zwanzig jahre engagiert

jetzt beruhige dich doch bitte

niemand oblinger niemand läufst den

ganzen tag in der gegend rum in der

hoffnung irgendjemanden zu finden der

dich mal ordentlich in den arsch fickt sitzt

den ganzen tag in irgendwelchen

schwulencafés rum und guckst

bedröppelt ausm fenster weil sich keine

sau mehr für dich interessiert weil du ein

armseliges altes männlein bist halt

einfach dein maul oblinger halt einfach

dein maul und sei dankbar

aber das bin ich doch ich finde trotzdem

es gibt keinen grund so auf uns

loszugehen

und sie herr doktor müssen mir hier nicht

zu verstehen geben ich könne froh sein

dass sie hier sind als hätte ich sie zu

irgendetwas überreden müssen glauben
sie ich kann sie nicht ersetzen es gibt
genügend schauspieler die sich die hand
abhacken würden um diese rolle zu
spielen nehmt euch mal ein beispiel am
ben hausleitner der hält wenigstens sein
maul

ich brauche keine fürsprecher

ja genau vergiss nur nicht ich hab dir die
rolle auf den leib geschrieben weil du
mir leid tust weil deine freundin
gestorben ist

das hat hier nichts zu suchen ich brauche
kein almosen weder von ihnen noch von
sonst jemandem ich bin auf das hier
ebenso wenig angewiesen wie sie herr
regisseur

na dann kannst du ja gehen

schon erledigt

wenn du jetzt hier rausgehst spielst du in

dieser stadt nie wieder

interessiert mich einen dreck

na dann is ja gut du laie

und im übrigen sie armselige kreatur

menschen wie meine freundin werden

bei unfällen getötet und idioten wie sie

dürfen leben sie sollten nach hause

gehen und ihrem leiden ein ende setzen

hau blos ab du arschloch so ein vollidiot

jeder hier im raum kann dich ersetzen

ich bin mir sogar sicher dass alle hier

anwesenden bereits deinen text können

stimmts

eventuell könnte ich die rolle spielen

solltest du wirklich gehen tut mir sehr

leid ben hausleitner aber ich bin über

sechzig und so viele chancen bieten sich

mir nicht mehr

halts maul oblinger halt einfach dein

maul ich bestimme wer wann was spielt

und ich bestimme auch wer wann was wo

spielt so weit reicht mein einfluss aber

das scheint dieser ben hausleitner nicht

zu kapieren

es ist mir einfach egal verstehen sie

bist noch nicht weg oder was hau ab du

depp

aber herr regisseur willst du den ben

hausleitner jetzt wirklich auch noch

gehen lassen der spielt doch wirklich

sehr gut

mein theater meine bühne da wird
gemacht was ich sage weil sonst sag ich
die ganze scheiße hier nämlich ab und
engagier mir richtige schauspieler wenn
ihr mich noch lange ärgert wo willst du
denn jetzt hin oblinger
den ben hausleitner den thomas mann
und die greta hol ich zurück das ist doch
wahnsinn wir müssen weiterarbeiten in
zwei tagen ist premiere
nix da setz dich hin reisende soll man
nicht aufhalten
aber herr regisseur
hinhocken oblinger kruzifix jetzt oder
ich hau dir eine rein du verhutzelter
gutmensch du
mei was wissen sie denn schon herr

regisseur mal ganz ehrlich sie haben
doch alles nur geerbt was erlauben sie
sich überhaupt in diesem ton mit uns zu
reden sie haben doch ihr ganzes leben
lang noch nicht arbeiten müssen hocken
sich hier rein und spielen sich auf
natürlich wollt ich immer schauspielerin
werden aber nicht so es ist halt doch wie
überall der großkopferte dem eh schon
alles gehört behandelt den kleinen
menschen der kaum was hat wie einen
dreck ja freilich hab ich die letzten
dreißig jahre damit verbracht semmeln
und kuchen zu verkaufen und natürlich
will ich meine träume verwirklichen die
ganze zeit denk ich an nix anderes
vielleicht ist das so weil es sich halt nicht

schickt etwas künstlerisches zu machen

da wo ich herkomme aber wenn sie

wirklich glauben dass einer froh sein

kann mit ihnen arbeiten zu dürfen dann

haben sie sich getäuscht weil ich geh

jetzt auch

oh nein bitte bleib alte betschwester wo

soll ich nur jemanden finden der in der

gegend herumbrunzen kann

am arsch kannst mich lecken herr

regisseur

bitte warte doch alte betschwester

nein oblinger ich mag nicht mehr

jetzt fällt alles auseinander herr

regisseur du machst alles kaputt beruhige

dich doch jetzt bitte wieder oh thomas

mann und greta da seid ihr ja wieder das

ist aber schön

für den spruch in richtung greta haben

sie wirklich eins aufs maul verdient das

ist wirklich unglaublich sind sie

betrunken oder auf droge herr regisseur

pass blos auf was du sagst

wie kommen sie darauf zu behaupten

greta hätte ihnen einen geblasen gehts

eigentlich noch

weils stimmt thomas mann

greta was sagst du denn dazu das will

ich jetzt wissen

stimmt schon

das ist wirklich unfassbar du bist

siebzehn er ist dreiundfünfzig wollt ihr

mich eigentlich verarschen sagt mal

was regst du dich auf wem ich einen

blase ist ja wohl meine sache

weil er dich ficken will der thomas mann

sie dummes arschloch halten sie ihre

blöde fresse herr regisseur ihr beide habt

einander wirklich verdient alles gute

wünsche ich euch idioten

oh gott nein jetzt warte doch thomas

mann bitte

tut mir leid oblinger bist ein lieber aber

mir reichts und du brauchst mir gar nicht

nachzulaufen greta hau ab wenn du so

nen scheiß machst will ich nichts mehr

mit dir zu tun haben

ich geh nicht in deine richtung und

außerdem ist mir scheißegal was du von

mir hältst

du kleine nutte

blöder wichser

wanderhure

anfänger

nein thomas mann und greta wartet doch

der regisseur ist krank hat sich gerade

nicht im griff stimmts herr regisseur

halts maul oblinger

nein das muss jetzt ausdiskutiert werden

du hast vor einer woche deine tabletten

abgesetzt gibs doch zu ich hab gleich

gesagt das ist keine gute idee so kurz vor

der premiere du hast die tabletten

abgesetzt und hast aufgehört zu

schreiben du bist nicht herr deiner sinne

wenn du deine antidepressiva nicht

nimmst stimmts herr doktor

ja das ist schon richtig wahrscheinlich

spinnen tut der regisseur spinnen tut er

wirklich sehr der regisseur

ach halt doch die klappe paul bist ja nur

der nette depp von nebenan damit

kommst du im fernsehen bestimmt sehr

weit aber theater lässt du besser sein mit

deinem sprechgehudel kein mensch

versteht was du eigentlich sagen willst es

gehört schon ein bisschen mehr dazu um

auf einer theaterbühne triumphieren zu

können immer nur der nette trottel von

nebenan zu sein reicht bei weitem nicht

aus das ist dir wohl nicht klar

was wollen sie denn jetzt von mir ich hab

doch nur spaß gemacht außerdem hab

ich von anfang an gesagt dass ich kein

profi bin und urlaub hab ich mir extra

genommen damit ich hier mitspielen

kann

das ist mir doch egal tut doch nicht alle

ständig so als müsste ich verflucht

dankbar sein dass ihr hier seid

ich finde schon dass sie das würdigen

sollten mein chef meinte das ist das letzte

mal dass ich wegen theater frei nehmen

darf und er hat auch recht so etwas zu

sagen schließlich zahlt er meine miete

ich mache das hier umsonst für mich

gehts hier schon um sehr viel nicht mal

was zu essen kriegen wir hier oder was

zu trinken

willst eins in die fresse paul

warum sind sie denn so aggressiv herr

regisseur ich will doch mit ihnen keine

schlägerei anfangen

weil du nicht den mut dazu hast wie blöd

von mir einen haufen laien zu

engagieren in der hoffnung das würde

funktionieren na ja selber schuld

verdammte scheiße ihr seid gemein zu

mir ich habe die macht euch zu stars zu

machen kapiert doch mal

hahaha stars mei dass ich nicht lach

halts maul du alte betschwester ich habe

wegen dieser scheiße hier lukrative

projekte abgesagt und das ist der dank

anscheinend habt ihr schon bei eurer

geburt das maul zu weit aufgerissen und

dabei die scheiße eurer mütter

geschluckt ich spuck euch ins gesicht seht

her jeden einzelnen von euch hey was

soll das lasst mich los lasst mich sofort los

drei gegen einen das sieht euch ähnlich

machts ihn nackert den deppen mei

schauts nur was der für ein kümmerliches

schwänzchen hat das hab ich mir schon

gedacht hopp aufhängen jetzt hängts ihn

da auf kopfüber

hört auf hört auf damit nein nicht gegen

den kopf schlagen nicht gegen den kopf

nicht ins gesicht nicht nicht in die rippen

nicht in den bauch nicht hört auf ihr

feigen schweine ihr dreckigen feiglinge

oblinger steh doch nicht so blöd da hilf

mir doch nicht in den unterleib nicht auf

den kopf nicht ins gesicht nicht die zähne

meine augen meine augen ich kann

nichts mehr sehen ihr dreckschweine ich

kann nichts mehr sehen hört doch auf

blind warens vorher schon das habens

jetzt davon sie widerliches subjekt

nicht schlagen nicht schlagen er kann

doch nichts dafür

verteidigen tuns den jetzt auch noch

dafür dass er so gemein zu uns war still

sinds jetzt oblinger hinsetzen und eine

ruh geben tuns hopp und du paul

prügelst den herrn regisseur weiter

windelweich trau dich nur sie sind doch

arzt herr doktor was kann man denn

noch alles mit dem herrn regisseur

anstellen wie kann man dem so richtig

wehtun

nun alte betschwester es gibt natürlich

unzählige methoden jemandem

physische schmerzen zuzufügen

ja sagens schon was können wir dem

dreckskerl noch antun leiden soll der

kennen sie die geschichte von doctor evil

eye

davon hab ich noch nix gehört wie heißt

der doktor liebelei

evil eye das ist englisch für nun ja böser

blick würde ich sagen

aha und um was gehts da

nun alte betschwester doctor evil eye

war amerikaner arzt ein kollege

sozusagen er hatte durch spekulationen

sein gesamtes vermögen verloren wohnte

mit seiner kleinen tochter in einem

trailerpark sie wissen schon

wohnwagensiedlung unterschicht drogen

alkohol etcetera etcetera sein

töchterchen berichtete ihm eines tages

ein nachbar hätte sie dazu gezwungen

sich nackt auszuziehen damit er sie

betrachten könne doctor evil eye stattete

daraufhin jenem schlafenden nachbarn

einen besuch ab fesselte ihn spritzte ihm

ein mittel welches diesen unbeweglich

und stumm machte aber dafür sorgte dass

er noch in der lage war schmerz zu

empfinden dann entfernte er ihm

fachmännisch die augäpfel defäkierte in

seine augenhöhlen und vernähte diese

der nachbar lebte noch eine woche

verhungerte dann oder verdurstete oder

beides ich weiß leider nicht mehr genau

was davon zuerst doctor evil eye

besuchte jenen nachbarn in dieser

woche jeden tag spritzte ihm immer

wieder dieses mittel welches

unbeweglich und stumm macht aber

schmerz empfinden lässt nun alte

betschwester was halten sie davon

ich finde das geht jetzt doch wirklich zu

weit

still oblinger mir gfällts das machen wir

so herr doktor oder paul was meinst

ich fahr jetzt heim muss morgen früh raus

sonst wird mir noch gekündigt scheiß

theater machts gut oder auch nicht wen

juckts

dann hole ich alles notwendige aus

meiner praxis

nein herr doktor bitte nicht damit will ich

nichts zu tun haben

gehens nur oblinger wir regeln das

schon ja herr doktor das machens ich

halte wache ich pass auf das wird dir

noch leid tun herr regisseur du

menschenschinder du windiger das wird

dir eine lehr sein

oblinger bleib bitte hier lass mich doch

mit diesen irren nicht allein

das hast du dir selber zuzuschreiben

herr regisseur adieu

ihr spinnt doch komplett dafür werdet ihr

eingesperrt ihr alle

hahaha eingsperrt sagt der ja von wem

denn sie waren wohl schon lang nicht

mehr draußen aus ihrem kleinen theater

wissens denn überhaupt was draußen los

ist nix mehr polizei nix mehr gerichte

alle macht dem volke verstehens

damit kommt ihr nicht durch dafür werdet

ihr hingerichtet

mei hingerichtet sagt der ja von wem

denn ja warum denn wer vermisst dich

denn du sauhund du ekelhafter und

außerdem selbstverteidigung ists was mir

da machen

das glaubst du doch selber nicht was du

dir da in deinem spatzenhirn

zurechtgelegt hast du alte betschwester

du dummgebrunzte

deine goschn hältst herr regisseur sonst

scheiß ich dir ins maul rein

also ich muss sagen ich bin üblicherweise

kein freund dieser derben

ausdrucksweise alte betschwester aber

wenn sie so sprechen finde ich es schon

sehr erotisch

ja meinens

unbedingt und überhaupt dem herrn

regisseur in den mund zu defäkieren

halte ich für eine sehr gute idee so

kommt er auf jeden fall schon mal auf

den geschmack

ja meinens wirklich herr doktor

unbedingt unbedingt ich halte ihm den

mund auf bitteschön

also dann da wirst schaun herr regisseur

eier und einen käs hab ich gefressen

heut in der früh da wirst schaun wie das

stinkt

hört doch auf nicht nicht

winsel du nur herr regisseur wer reißt

jetzt das maul zu weit auf ah gleich

kommts gleich kommts jetzt ah mei tut das

gut

eine satte wohlgeformte wurst alte

betschwester und wunderschön ihre

schamlippen nicht zu lang nicht zu kurz

und glänzen tun sie ja geradezu funkeln

tun sie durch ihren wildwuchernden

liebesbusch und diese warze ach

wunderschön

ui wildwuchernder liebesbusch mei ein

poet sind sie mei dankschön herr doktor

mei so gewählt drücken sie sich aus soll

ich sie anbieseln

sehr gerne ah schön warm und riecht

überhaupt nicht streng

bedankt herr doktor soll ich nochmal

unbedingt alte betschwester oh ah wie

schön geradezu himmlisch

bedankt herr doktor

sehr gerne sehr gerne nun wie geht es

ihnen herr regisseur

wie solls mir schon gehen herr doktor mir

wurde soeben in den mund geschissen

nur nichts verkommen lassen herr

regisseur hier essen sie schlucken sie

nein um gottes willen hört doch auf

hier essen sie schlucken sie

schlucks du elender hund alles aufessen

es gibt länder da haben die leut gar nix

zum fressen

nein nein nein

sehen sie herr regisseur das war doch

gar nicht so schlimm

schmeckts dir sag schmeckts dir hund

elender

oh gott nun hört doch bitte auf lasst es

doch endlich gut sein der oblinger hat

doch schon gesagt ich bin nicht herr

meiner sinne es tut mir leid dass ich so

gemein zu euch war das habt ihr nicht

verdient eigentlich hab ich euch alle

sehr lieb gewonnen ich kanns nur nicht

zeigen bitte bitte glaubt mir doch

ja da schau her das erste mal dass ich

von dem eine reue hör und weinen tut er

rotz und wasser sollen wir dem das

glauben herr doktor

für mich klingt das schon sehr

überzeugend

also dann lassen wirs halt gut sein von

mir aus sagens wollens mit mir

heimgehen zum fernsehschaun herr

doktor weil mir langts mit dem

theaterschmarrn braucht doch sowieso

kein mensch überall krieg und virus als

obs grad nix wichtigeres gäb

es wäre mir eine freude mit ihnen

zusammen fern zu sehen

mei so schön wie sie sprechen da muss

ich gleich wieder bieseln vor lauter lust

oh schön aber sparen sie sich das für

später auf

so soll es sein

hilfeeeee halllooooo hilfeeeee oblinger

da bist du ja bin ich froh dass du wieder

hier bist na zumindest kann ich wieder

sehen war nur blut in den mund

reingeschissen hat mir diese wahnsinnige

alte kannst du das glauben

wird nicht schaden wenn du noch ein

bisschen hängen bleibst alle hast du

vertrieben mit deiner boshaftigkeit

warum nur du kannst doch nicht dein

leben lang mit geballten fäusten durch

die gegend laufen herr regisseur

ach was weißt du schon oblinger

ich weiß eine ganze menge herr

regisseur denkst du es ist schön

andauernd in den gleichen cafés

rumzusitzen weil man nicht mehr weiß

was man sonst noch machen soll denkst

du ich bin glücklich darüber dass ich

niemanden mehr habe ich geh trotzdem

aufrecht durchs leben und verhärme

nicht ich hatte nicht das glück ein theater

zu erben was hat dich nur so böse

gemacht du wehrst dich gegen das was

du am meisten brauchst zuneigung

glaubst du ich habe das nicht auch

durchgemacht ich will auch manchmal

alles kurz und klein schlagen um mich

gegen den gedanken zu wehren dass ich

langsam und qualvoll verende wie lange

kennen wir uns jetzt schon immer treu

war ich dir hab deine launen ertragen

aber irgendwann reicht es herr regisseur

nicht mal geld verlange ich von dir weil

ich dich mag und weil wir uns schon so

lange kennen ich gehe jetzt auch kannst

stolz sein hast alle aus deinem leben

vertrieben das ist dein lebenswerk

karl warte

was ist denn noch

bitte bleib du hast recht ihr habt alle

recht mir gehts furchtbar schlecht und

das lasse ich an anderen aus

was quält dich denn blos

alles und nichts ich weiß dass ich

eigentlich keinen grund habe derart

schlecht gelaunt zu sein letztendlich

gehts mir genauso wie dir ich weiß auch

nicht mehr wohin

du bemitleidest dich doch nur selbst so

viele möglichkeiten hättest du gutes zu

tun und was machst du alles

kaputtschlagen

dieses altwerden karl ständig mit dem

gedanken konfrontiert zu sein dass man

irgendwann daliegt schwach und hilflos

die mutter vom gruber zum beispiel

dreiundfünfzig topfit hat nie gejammert

hat sich nie beschwert geht mit dem hund

spazieren kommt nach hause im garten

wird ihr schwindlig sie fällt hin schaffts

gerade noch ins haus schlaganfall

seitdem sitzt sie im rollstuhl die linke

seite komplett gelähmt jeden tag weint

sie wünscht sich endlich sterben zu

dürfen ihr mann ist selber krank hat sich

kaputtgearbeitet sein leben lang jetzt

wohnt eine pflegerin bei ihnen im haus

die verprügelt beide jeden tag und klaut

ihnen ihr erspartes was man so hört

verstehst du karl was ich hier mache hat

doch überhaupt keine bedeutung wen
interessierts denn schon irgendwelche
schmierfinken von der zeitung die
sowieso alles was ich mache großartig
oder erfrischend anders finden
wem erzählst du das herr regisseur ich
sehe mich selbst jeden tag mit diesem
gedanken konfrontiert bin aber
wesentlich älter als du ich hab auch
furchtbare angst irgendwann hilflos
dazuliegen so ist es eben indem du
herumläufst und andere menschen
schlecht behandelst änderst du daran gar
nichts genieße deine lebenszeit sei gütig
und mitfühlend niemand tut dir was
zuleide das arme mädchen so
vorzuführen die greta so ein hübsches

mädchen furchtbar grausam bist du ich

möchte meine zeit nicht mit jemandem

verbringen der so grausam und

ungerecht zu anderen menschen ist die

haben alle ihre zeit geopfert und haben

ihre sache wirklich sehr gut gemacht du

musst deine medikamente wieder

nehmen du bist nicht mehr

zurechnungsfähig hast dich nicht im griff

versprich mir jetzt bitte dass du deine

medikamente wieder nimmst

ich hasse es krank zu sein ein krüppel

bin ich doch ein emotionaler denkst du

das weiß ich nicht drecks medikamente

furchtbare kopfschmerzen bekomm ich

davon schlecht ist mir jeden tag nach

dem aufstehen jeden tag kotzen muss ich

das ist doch kein leben die ganze zeit

hab ich dann ein blödes grinsen im

gesicht obwohl ich nicht weiß worüber

ich mich freuen sollte

du kannst doch nichts dafür herr

regisseur bei manchen menschen

funktioniert eben die

serotoninausschüttung nicht das haben

dir die ärzte doch gesagt das ist halt so

akzeptiere es doch einfach wenn du

deine medikamente nimmst dann bist du

wieder der mensch den ich damals

kennengelernt habe weißt du noch am

set von dieser schrecklichen fernsehserie

wo der regisseur dauernd gekokst hat

und alle angeschrien hat der weißt du

noch wie wir uns damals geschworen

haben so werden wir nie

ja das weiß ich noch andauernd denke

ich darüber nach karl an alles denke ich

karl nichts habe ich vergessen wie wir

auf der schauspielschule waren zum

beispiel weißt du noch wie schlecht die

alle gespielt haben

furchtbar schlecht waren die

und weißt du noch wie wir dann immer

durch die stadt spaziert sind und

diskutiert haben wir beide über alles

mögliche darüber ob wir zusammen nach

new york gehen sollten ans actors studio

natürlich herr regisseur

andauernd denke ich daran karl das war

eine schöne zeit der kaczmarek war das

der kokser der immer rumgeschrien hat

der kaczmarek war das der vollidiot

du bist genau so geworden herr

regisseur wie der kaczmarek aber nur

weil du deine medikamente nicht nimmst

ich nehm sie nicht mehr und damit aus

lass mich in ruhe jetzt mit deinem ewigen

rumdiskutiere

siehst du merkst du wie sich bei dir ein

schalter umlegt aber wie du meinst ich

gehe dann jetzt dir ist wirklich nicht

mehr zu helfen herr regisseur auf

wiedersehen sag ich nicht denn das wird

nicht passieren ich geh jetzt heim und

bring mich um

wie beim letzten mal und beim

vorletzten mal und beim vorvorletzten

mal

diesmal mach ichs wirst schon davon

hören dann tuts dir leid aber dann ists zu

spät

bis morgen karl

ja wir finden bestimmt eine lösung herr

regisseur bis morgen dann

willst du mich jetzt hier hängen lassen

oder was mach mich wenigstens ab mir

platzt gleich der schädel

nein ich machs nicht die putzfrau kommt

ja sowieso in ein paar stunden

die hab ich rausgeschmissen

siehst du selber schuld

dann brauchst du dich hier wirklich nicht

mehr blicken lassen karl oblinger

mach ich auch nicht adieu

was willst du denn jetzt noch greta hast

du überhaupt kein selbstwertgefühl sag

mal ich hab dich beleidigt und erniedrigt

vor allen anderen was soll ich noch

machen damit du verschwindest

du hast mir eine karriere versprochen

wenn ich dir einen blase herr regisseur

ich hab das nicht umsonst gemacht wir

hatten eine abmachung eine karriere

will ich wie versprochen oder ich zeig

dich an wegen vergewaltigung einer

minderjährigen und sag du hast mich

manipuliert glaub mir ich machs eine

karriere will ich und du wirst mich

fördern glaub ja nicht dass du dich

einfach vor deiner verantwortung

drücken kannst ich mach dich fertig du

alter dreckskerl ich mach dich so fertig

dass du dir freiwillig die kugel gibst und
jetzt wird weitergeprobt schluss mit der
jammerei du versager reiß dich endlich
zusammen wir machen ein solospiel
draus ich spiele alle rollen die texte
kenn ich auswendig verbesserungen und
ein ende hab ich auch hinzugefügt hier
lies weil so schlecht wie das stück jetzt ist
schlafen die leute noch ein das wird ein
fulminanter auftritt oder ein
unvergesslicher abend wie ihr alten
kacker immer sagt glaub bloß nicht dass
du einfach die premiere absagen kannst
du elender dreckskerl
ein bisschen mehr als nur blasen muss
dann aber schon drin sein greta
worüber reden wir

ich will dich ficken richtig durchficken

will ich dich bis du aus deiner kleinen

haarigen möse rausspritzt dann will ich

deinen fotzensaft trinken einmal am tag

möchte ich dich so richtig durchficken

und du spritzt mir in den mund rein du

weißt ich hab beste kontakte zu vielen

europäischen theatern in london wirst du

spielen du wirst ein star du weißt ich

habe die macht dazu

wenn die premiere ein erfolg wird

meinetwegen aber für nicht länger als

einen monat machen wir das

ein jahr

zwei monate

ein halbes jahr

vier monate

fünf

meinetwegen

komm her die finger will ich dir

reinstecken jetzt sofort

nein ich hab meine tage erst die karriere

dann kannst du mit mir machen was du

willst

in ordnung greta fünf monate los gehts

zeig mal was du dir so vorgestellt hast

übrigens hab ich dir heute schon gesagt

dass ich sehr froh bin dass du da bist

nein

ich bin sehr froh dass du da bist

konzentrier dich jetzt alter spinner

erst wenn du mir sagst dass auch du froh

bist dass ich da bin

ich bin auch froh dass du da bist

ich brauche dich greta

schon klar

brauchst du mich auch

ja

aber nur weil du durch mich erfolgreich

sein wirst oder

natürlich warum denn sonst

das macht mir nichts greta ich hab schon

mal versucht mich umzubringen weißt du

dreimal sehr ehrenwerte versuche

warum erzählst du mir das ich bin nicht

deine freundin oder überhaupt ein

freund

beim ersten mal war ich

siebenundzwanzig hab mich in die

badewanne gelegt mit einem

teppichmesser

echt jetzt und warum

wegen einer frau die ich nicht haben

konnte das wasser war schön warm und

dann hab ich mich erinnert wie ich als

kind immer untergetaucht bin in der

badewanne und die streitereien meiner

eltern gehört habe sehr gedämpft wie in

einer röhre tief unter der erde ich dachte

dann immer so muss es für die toten

klingen wenn sie die lebenden

belauschen habe mir dann immer

vorgestellt dass meine eltern etwas

schönes singen oder hocherfreut und

aufgeregt über ein schönes erlebnis

diskutieren etwas zu laut wie man das

eben so macht wenn man glücklich

verheiratet ist dann erinnerte ich mich

nicht mehr dachte an gar nichts mehr
konzentrierte mich aufs wesentliche
nahm das teppichmesser schnitt längs
natürlich nicht quer quer is für
vollidioten der erste schnitt ist einfach
aber der am anderen handgelenk
erfordert den absoluten unabdingbaren
willen sterben zu wollen weil das eine
handgelenk durch den schnitt schon sehr
geschwächt ist und also du musst
natürlich eine gewisse kraft aufbringen
um schneiden zu können und das konnte
ich nicht mehr ritzte nicht tief genug
dachte egal ein handgelenk wird schon
reichen und mein blut quoll stoßweise
ins badewasser aber nach ein paar
minuten eben nicht mehr die wunde war

nicht tief genug also versuchte ich mit

zeige und mittelfinger der weniger

geschwächten hand die wunde offen zu

halten das war aber auf dauer zu

anstrengend und schmerzhaft nach zwei

stunden war ich also immer noch am

leben sang stille nacht heilige nacht und

wir sagen euch an den lieben advent

wieso das denn

weiß auch nicht weihnachtslieder hab

ich gesungen vielleicht um mich selbst zu

beruhigen dann stieg ich völlig

verschrumpelt und erschöpft aus der

badewanne nahm einen haufen

schlaftabletten davon wurde mir schlecht

und ich musste mich übergeben

wir sollten jetzt wirklich weiterproben

du kannst dir ja nicht vorstellen wie

schwierig es ist blut wegzuwischen ein

bisschen wie motoröl das haftet auch

ewig sag magst du mich denn überhaupt

nicht

nein

bei meinem zweiten versuch war ich

total betrunken bin auf der autobahn

spazieren gegangen auf der überholspur

aber irgendwie haben die doofen

autofahrer es immer geschafft mir

auszuweichen na ja eigentlich warens

nur fünf autos ziemlich blöde idee um

drei uhr morgens auf der autobahn

spazieren zu gehen in der hoffnung

irgendjemand fährt einen über den

haufen ist ja kaum was los um diese zeit

wir müssen jetzt wirklich weiterproben

herr regisseur wir haben noch so viel zu

tun

eine polizeistreife hat mich dann

aufgelesen hab denen erzählt ich dachte

ich würde auf dem radweg neben einer

landstraße gehen die waren ganz nett

die beiden polizisten haben gesagt das

wird schon wieder

was war denn der grund beim zweiten

mal

mein hund war gestorben ein ganz ein

braver war das der bello

echt jetzt bello

warum

na nen blöderen hundenamen gibts ja

wohl nicht

mir gefällt er

das ist als würde man ne katze miaui

nennen

bello war der einzige in meinem leben

der mir nie widersprochen hat golden

retriever sein fell hat immer so schön

geglänzt und wenn ich zu ihm gesagt

habe ja fein hat mich der bello

angehechelt er lag den ganzen tag nur

da und hat mich angesehen mit seinen

traurigen augen eines abends ist dann

der bello unter meine bettdecke

gekrochen hat ein paarmal gewinselt ich

heb die bettdecke an sag so ja was denn

da hat der bello ausgeatmet und die

augen geschlossen für immer gar nicht

magst du mich hast du gesagt

genau lass uns weiterproben wir haben

wirklich keine zeit

beim dritten mal da

ach komm jetzt erzähl mir doch nicht

deine komplette leidensgeschichte muss

das sein wir haben eine abmachung sex

gegen erfolg diesen scheiß kannst du

dem oblinger erzählen

der oblinger wollte sich auch schon

mehrmals umbringen

ist mir schon klar jetzt komm machen wir

weiter

aber ich möchte darüber sprechen weil

ich dich mag

ich mag dich aber nicht du behandelst

alle wie dreck sex gegen erfolg klare

sache jetzt guck nicht so den büßer kauft

dir keiner ab

ganz schön kalt bist du greta

genau wie du also gut dann erzähl was

war beim dritten mal

jetzt mag ich nicht mehr dann proben wir

halt die scheiße jetzt na los mach

irgendwas mir egal

nun erzähl doch was war beim dritten

mal herr regisseur

willst du ja gar nicht wissen

jetzt interessiert es mich schon also was

ist passiert

beim dritten mal bin ich aus dem fenster

gesprungen

aus dem fenster gesprungen welches

stockwerk denn

viertes

und dann

geregnet hatte es seit tagen der rasen

war komplett aufgeweicht ich bin auf

dem rücken gelandet hat nicht sonderlich

wehgetan hatte nur ne leichte

gehirnerschütterung scheiß regen

meine güte du bist ja wirklich zu allem

zu blöd

ja wahrscheinlich aber geld hab ich und

macht und einfluss darf ich deinen arm

streicheln

wegen mir

so zart bist du so eine schöne frau bist du

magst du mich wirklich überhaupt nicht

nein wer hätte denn eigentlich die bella

gespielt

ich natürlich

hab ich mir fast gedacht alter spinner

warum das wäre richtig toll geworden

aber mit diesen bauerntrampel ist so

etwas ja leider nicht möglich lass uns

jetzt gleich ficken

ich mag nicht hab meine tage

nein du mich ich möchte dass du mich

fickst schau mal da hinter der bühne

schau mal greta was da liegt neben dem

karton da siehst du

was ist das denn für ein riesenteil

den kannst du dir umschnallen und mich

dann so richtig in den arsch reinficken

los du musst das gehört zur abmachung

meinetwegen

du musst deine hose ausziehen sonst

kannst du ihn nicht überstreifen ja sehr

schön sieht das aus und so schön

natürlich dein schamhaar wie es links

und rechts aus deinem höschen

herausragt wirklich sehr schön

mein höschen behalte ich aber an soll

ich dich nicht mal abmachen dein kopf

sieht aus als würde er jeden moment

platzen

nein nein lass mich nur hängen

hast du keine gleitcreme das ding ist

ganz schön groß

das ist wirklich sehr lieb und aufmerksam

von dir aber nein nicht einschmieren

weh muss es tun tu mir richtig weh

spüren will ich dich spüren will ich mich

los jetzt

kack mich blos nicht voll

na los rein damit ahh ja gut so ahh oh

mein gott tut das gut ahh du drecksstück

du kleines ahh du miese wertlose

drecksfotze du ahh so schön bist du ahh

so sehr brauche ich dich ahh so sehr

liebe ich dich oh ja mutter ich vergebe

dir oh ja vater ich vergebe dir ahh ahh

ahh ahhhhhhhhh